詩의 온도

허정예 시집

초판 발행 2015년 12월 11일
지은이 허정예
펴낸이 안창현 **펴낸곳** 코드미디어
북 디자인 Micky Ahn **교정 교열** 성건우

등록 2001년 3월 7일
등록번호 제 25100-2001-5호
주소 서울시 은평구 갈현1동 419-19 1층
전화 02-6326-1402 **팩스** 02-388-1302
전자우편 codmedia@codmedia.com

ISBN 979-11-86104-35-4 03810

정가 10,000원

詩의 온도

허정예 시집

작가의 말

HEO JUNG YAE

흔히 사람들은 말합니다.

세상을 살면서 누구를 만나느냐에 따라

인생이 좌우된다고 하지요

나의 삶에도 귀중한 두 만남이 있습니다.

첫 번째 만남은 신앙입니다

언제나 믿음, 소망, 사랑의 길로 인도하시는 하나님,

그분은 부족한 저에게 새 힘을 주시고 시를 짓게 하시고

정도를 걸어 여기까지 오게 하셨습니다.

두 번째 만남은 소녀시절부터 꿈꾸어오던

문학의 길을 후반전 인생에서 다시 찾은 것입니다.

문학 속에는 다양한 행복의 보따리가 있습니다.

시의 행간에서 만날 수 있는 감성은 마음의 힐링이 되는

영원한 벗입니다. 두 만남을 위해 나름대로 올곧게 살려고

자아와 씨름을 하곤 했습니다.

자연과 세상을 진정으로 사랑할 수 있도록 잠자던

오감을 일깨워 주시고 문학의 길을 걷게 하신

지연희 교수님, 임병호 교수님, 윤수천 교수님께

머리 숙여 감사드립니다.

내 안에 있는 모든 것을 비워 맛깔스러운 글을 쓰고 싶었지만

역량이 부족하여 부끄러운 글을 내놓습니다.

느릿느릿 달팽이처럼 여기까지 오도록 격려해준 가족과 형제들,

문학의 글밭에서 고락을 함께 했던 모든 문우님들과

이 기쁨을 함께하고 싶습니다.

Contents

작가의 **말** 4

작품 **해설** | 지연희(시인, 수필가) 104
일상적 언어로부터 예술 언어로의 귀환

1

부서지는 마음

13   새벽

14   설날 아침

15   새해

16   새싹

17   어버이날

18   시어머니

19   사금파리

20   오디

21   부서지는 마음

22   알밤

23   하늘 길

24   어머니 강

25   촛불

26   화홍문

27   광교산

2

시의 온도

31   민들레

32   스카프

33   찔레꽃

34   천리향 꽃

35   순댓국집 풍경

36   호스피스 병동

37   불면의 밤

38   시의 온도

39   유년의 터

40   원두막

41   무궁화

43   엉겅퀴 꽃 1

44   엉겅퀴 꽃 2

45   나비의 섬

46   소나무

Contents

3

사랑 그리기

49   가로등

50   정년퇴직

51   그 남자

52   글 타래 모임

53   마른 장맛비

55   도시의 섬

56   사랑 그리기

57   추억

58   신토불이

59   나목

60   마른 가지에도

61   단풍

62   가을이 오는 길목

63   홍시

64   가을 나팔꽃

4

가을 냄새

67   가을 냄새

68   홀씨

69   할미꽃

70   눈 속에 핀 장미

71   겨울 소리

72   겨울

73   눈 내리는 아침

74   섣달그믐

75   삶의 스승

76   산행

77   물 향기 수목원

78   임진강

79   대포항

80   단양팔경

81   새벽 4시

Contents

<u>**5**</u>

꿈꾸는 밤

85　봄 마중 1

86　봄 마중 2

87　동백꽃

88　제부도

89　갯벌

90　바닷가의 하루

91　밤바다

92　섬

93　독도

94　외도

96　비 오는 날

97　친구

98　꿈꾸는 밤

99　낙화

100　겨울나기

01

부서지는
마음

01
부서지는 마음

새벽

설날 아침

새해

새싹

어버이날

시어머니

사금파리

오디

부서지는 마음

알밤

하늘 길

어머니 강

촛불

화홍문

광교산

새벽

새벽이
대지 위에 걸어온다

고통과 번민 어둠이 삼켜버리고
하루를 여는 미명의 창가에
밤새 천둥 번개 짖어대던
울음소리 그친지 오래다

혼비백산 도망간 어둠의 무리들
고요한 하늘이 말갛게 피어오르며
세상을 밝히려 말없이 서성이고 있다

칠흑 같은 어둠을 헤치고
하루의 사랑을 여는 빛이 오고 있다
새벽이
승리의 깃발을 어깨에 메고
빛의 함성소리
희망되어 걸어온다.

설날 아침

붉은 깃털이 새벽을 가르며
첫날의 종을 울리면
투명한 햇살 아래
겨울 산이 하얗게 피어오른다

바람은 몸짓하며 지나가고
마른 숲 속에선 나무들이
오르락내리락
숨 고르며 피돌기 한다

희망을 부르는 기도 소리
가슴에 가득 고이고
동백꽃 피어나듯
평화로운 시간이 흐른다

하늘 가까이 맞닿은
기도의 동산
무시로 일렁이던 내 안의 욕망
하얗게 다듬어진 마음으로
새해를 맞는다.

새해

발길을 휘감던 눈발도 멈추고
화살이 제비처럼 날던 연무대
눈꽃으로 새하얗다

세월이 쌓일수록 깊어가는 城
역사의 한 페이지를 넘기며
새 시대 열어갈 출발을 한다

대통합의 울림의 호소
마음 가득히 가슴에 젖어들면
닫혔던 문들이 활짝 열린다

동서남북 오가는 참새 떼들
창생의 눈과 귀 열어주고
새해, 새날
둥근 해 떠오르는 연무대에서
작은 소망 큰 소망
함께하는 새 아침이 눈부시다

새싹

들판을 깨우는 실바람에
푸른 잎 뾰족이 내밀고
세상을 본다

바람에 살랑대는 아지랑이
산허리 내려앉고

햇살 당겨
개나리 진달래 망울 짓고
봄 하늘 나리는 나비 떼

푸른 녹음 뻗어 갈 가지들
근육 마사지로
몸 풀고 있다

어버이날

기쁨과 후회의 하루다
살아계실 때 철없던 썰물로
지금은 후회의 밀물로
가슴을 채운다
보낼 곳 없는 카네이션이
골목마다 넘실거리는데
때늦은 그리움과 소리 없는
울음 바람이 지나간다
식탁 위에 두 개의
카네이션이 놓여있다
삶의 진액을 함께해 온
사랑의 물 항아리에 꽃잎이 붉다
지난 시간들의
보이지 않는 결정結晶이
붉은 카네이션으로 피어있다

시어머니

창고 정리를 했다
맷돌이 놓여진 창고 구석엔
어머니의 손때 묻은 수저 그릇들이
먼지와 포개져 있다

투박한 손으로 끓인 구수한 시래깃국
무청김치 수제비 칼국수
밥상이 보인다

무능한 지아비 대신
어린 자식들 위해 이른 새벽부터
노동으로 먹여주신
어머니

그릇을 말갛게 씻어
찬장에 포개어 놓는다
옥양목같이 고운 어머님 얼굴이
찬장 안에 가득하다

사금파리

고향 뒤란에
놓여있는 장독대에는
어머니의 삶이 묻혀있다
한평생
드러내지 못하고 흘려보낸
인고의 세월
여덟 지팡이 곱게 다듬어
모두 다 내어준 텅 빈 가슴
오일장날 푸성귀 머리에 이고
짓 고개 넘어다니다 비틀린 어깨
인내와 순종으로 불 밝히신
어머니, 뒤뜰에 묻힌 사금파리는
어머니의 흔적이다

오디

철쭉 향기마저 저물 무렵
오월의 아카시아 향기
온 마을을 뒤덮으면

누에 치는 어머니 분주한 하루
날마다 소나기 오듯 뽕잎 먹는
누에가 세상에서 제일 무서웠다

입덧이 심해
오디만 먹고 나를 낳았다는 울 엄마
오월이면 엄마처럼
해가 등지도록 파란 입술을 칠했다

밭둑에 늘어선 뽕나무
가지가 휘도록 달린 오디가
고향의 벽화에
까맣게 익어가고 있다.

부서지는 마음

모태에서 흐르던 한 핏줄
생사의 갈림길에 있다
가슴 저미는 아픔으로 다가와
멍으로 남는 큰 오라버니
언제나 진한 피는 팔 남매의 심장을 따라
강물 되어 흐르고 있는데
한 호흡이 생명줄에 매달리는
어머니의 첫 열매
슬픔 밖에는 고통을 함께할 수 없는
언제나 진한 피는 심장 따라
강물 되어 흐르는데
모태에서 흐르던 한 핏줄이
생사의 갈림길에서
이별의 끈을 붙잡고 있다

알밤

울렁이는 마음으로
보따리를 푼다
순간
아름드리 밤나무
풀 속에 숨어든 알밤

밤 보따리에
엄마의 미소가 널려있다
기쁨으로 보내셨으리

밤 한 톨을 먹을 때
어머니 사랑도 함께 먹는다.
답답한 마음이
어머니 사랑이 양약이 되어
가벼워진다

오늘 밤에도 꿈속에서
뵐 수 있기를

하늘 길

울음으로 불러보고
가슴 찢기는 애통으로
불러보아도
엄마는 보이지 않는다
두 달 전
그리도 다정하던 목소리
이렇게 보고 싶은데
어쩌다 척추 골절로
꼼짝없이 누워있던 나
이별 연습 채 못하고
엄마는 하늘로 가버렸다
하늘 길은
은하수처럼 열렸는데
꽃구름 타고 가신 그 길
엄마는 엄마는
내 가슴에 그리움
한 송이 꽃
깊숙이 심어놓고 천국 가셨네.

어머니 강

석양의
젖은 강물에 잿빛 물감 풀어 놓았다
당신의 뒤틀린 어깨 위에 까맣게 돋아난 아픔

기둥 같은 막 지팡이
가슴에 묻어 놓고
백발의 노모 시름없이 노 젓는다

잊으려
지난 삶을 매만지듯
한 땀 한 땀 몸 추슬러 바느질한다
이별은
정리하는 것이런만

세월 마디마디 아픈 마음 다독이다
못내 그리워
눈물로 볼을 씻는다

남풍 불어 삼월이 왔건만
노모의 봄날은
촉촉한 눈물 슬픔이다

촛불

눈물 흘리며
야위어가는 꽃잎
어둠 속에서 춤추고 있다

제 살점 떨어지는 줄 알면서
어둠을 밝히려
피안의 경지까지 눈물 흘리며
어두운 마음을 위해
제 살 태운다

밤하늘에 별처럼 빛나는 너
오직 정의를 위하여
세상을 보듬는 사랑으로

그 눈물
흘리고 흘려 강물이 될 때까지
네 몸을 불사르는
세상의 등대가 되어라

화홍문

시집올 때 처음 본 화홍문
7개의 수문을 활짝 열어젖히고
오늘도 수원의 번영을 기원한다

내 마음을 잡아주던 든든한 정자
기쁘나 슬프나 들며 날던
추억의 언덕에 무지개 피어나는 곳

시어머니 광주리를 받아 이고
숨차게 오르다 쉬던 곳
고단한 다리로 절룩거리던 어머니의 길

무거운 머리 위 별들이 속삭이고
은하수 가로질러 흐르던 여름밤

화홍문 언덕 위
늙은 느티나무 한 그루
어둠길 마중 나온 어머니처럼
지금도 그 자리에 서 있다

광교산

시루봉
형제봉
아버지 어깨처럼 든든하다

날마다 숲의 향기 찾아
천년수 약수터
힘차게 오고 가면

봄 여름 가을 겨울
새롭게 태어나는
신비의 山

병든 몸 일으켜 세우고
포근하게 맞아주는
어머니 앞가슴처럼

초록 물결 넘실거리는
골짜기는
생명의 푸른 소리 흐른다

02

시의 온도

02
시의 온도

민들레

스카프

찔레꽃

천리향 꽃

순댓국집 풍경

호스피스 병동

불면의 밤

시의 온도

유년의 터

원두막

무궁화

엉겅퀴 꽃 1

엉겅퀴 꽃 2

나비의 섬

소나무

민들레

차디찬 흙 속에 숨 고르다
흩날려 씨내린 땅의 지상에
역마살처럼 날아돌다 피어나는
샛노란 웃음꽃

고향도 둥지도 아랑곳없이
봄볕 불러 피어난다
끊어진 철길 위
한 줌의 흙이나 보도블록 사이에
가장 낮은 자세로 포복하다
힘차게 피어나는 꽃

어지럽고 메마른 세상
밟히고 또 짓밟혀도
양팔 흔들며 해맑게 미소 짓는다

언제 어디서나 당당한 노란 꽃
그냥 지나칠 수 없어
가만히 엎드려 입 맞춘다

스카프

연두 바탕에 땡땡이 무늬가
예쁘게 반짝이던 머플러
함박눈 내리던 날
차가운 바람 이고 갈
어린 시누 등굣길에
시집올 때 가지고 온 머플러
아낌없이 내주던 올케언니
가난한 시대에 어린 동심이
꿈과 희망으로
깃발처럼 펄럭이던 스카프
오십 년이 지난 지금
백화점에 진열된 고운 스카프
초로의 가슴 출렁이며
그리움 하나 끌려온다
주름진 올케 얼굴 그리며
땡땡이 연둣빛 스카프 고른다

찔레꽃

갓 삶아 빤
흰 옥양목 치마
천변 산책 길가에 널려있다
그리움 번지는 따스한 향내
솜구름 피어나는 햇살같이
포근한 엄마가 하얗게 웃고 있다
모진 세파에 시달리면서도
덩굴 속에서 가시를 안고
피어난 인고의 꽃
메말랐던 삶의 길에
솜사탕 녹아내리듯
고향을 맴돌게 하는 마력의 꽃
거기서 태어나서
함께 자란 시골 가시내
언제나 너를 보면
내 마음은
고향 길로 달려간다

천리향 꽃

햇살 스며드는 겨울 창가에
다물었던 꽃봉오리
향기의 꽃
천리향으로 햇빛 사랑
독차지했나 보다
마른 입술로 인내하며
붉은 수맥 흘러
고운 빛 자아내는
한 송이 자주 꽃
너의 향기가
너의 꽃 이름표가
메마른 영혼 두드린다
언제나
당신의 향기처럼
구원의 메시지
천 리까지 전하고 싶다

순댓국집 풍경

찌든 삶의 터전에서
하루의 노동을 털어버리고
지동 순댓국집을 찾아든다

날카롭게 돌아가는
세상살이에
취하지 않고는
살아갈 용기가 없는 것처럼
돼지 머리 새우젓에 꾹꾹 찍어
한 잔 술에 시름을 달랜다

바글바글 순댓국 소리
희망의 전주곡이다
하루의 노고가 여기에서 쉼을 얻고
실낱같은 끈 다시 꼭 잡는다

호스피스 병동

꽃샘이 마지막 숨을 몰아쉬며
한 줌 봄볕에 흩어진다.
봄기운이 서럽게 배어드는 침상
허물어져가는 육체 위에 깡마른 얼굴
세월의 잔재가 검은 꽃으로 피어난다.
고통의 시간을 한참 넘어
천상의 낙원만을 사모하는 그들
잔가지 잎마저 다 털어버리고
생의 마지막 징검다리 건너고 있다.
삶의 소실로 접되어
육체의 장막이 벗겨지는 순간
흰 나비 한 마리 날아오른다.
마지막 생애가 믿음으로 피어나는
한 송이 샤론*의 꽃
베풂과 용서하지 못했던
그녀의 한마디
울림으로 들려온다.

———————
*샤론 : 영원한 평화를 상징

불면의 밤

고즈넉한 밤
세차게 떨어지는 빗소리
밤의 정적을 깬다

지나간 삶의 언저리
참나무 장작 타는 불꽃처럼
빨간 꽃잎들이 날을 새려 한다

새하얀 새벽은 아직 먼데
지나간 삶의 덩어리가
쌀뜨물 휘저어놓은 듯 솟아오른다

지향하는 삶의 소용돌이 속에서
어느 것 하나 취하지 못하고
방향 없는 활을 쏘고 있다

속절없이 날아간 시간들
휑한 내 가슴에 꼿꼿하게 박혀
채워지지 않는 설움이
이 밤을 부둥켜 안고 있다

시의 온도

어디선가
깨알 같은 시어들이
마음의 창에 뜬다.

수많은 글 타래
구름 속에서 하늘을 날 듯
두근거리고 황홀한 순간

첫사랑을 만난 듯
진주를 발견한 듯

글밭에서 영근 열매들
줄줄 엮을 수 있는
하얀 백지 위

뜨거운 마음으로 그리다 보면
나무 한 그루
푸른 잎 피워내고 있다

유년의 터

밤꽃 향기 울안에 퍼지고
밤이면 무논에선 개구리 울어대고
해맑은 아침 해가 피어오르는
산 아랫마을
봄바람 머물다간 들판엔
찔레꽃 쑥부쟁이 망초꽃
냉이 꽃다지, 소복소복 피어난다.
손 뻗으면, 닿을 것 같은
산 아래 구름꽃
맴맴 매암~맴 매미 소리에
고야가 빨갛게 익어가고
마루 끝에 걸터앉은 햇살은
댓돌에 놓인 신발 뒤적인다.
들국화 피어있는 마당가엔
수건 두른 젊은 엄마
참깨, 들깨 탈탈 턴다.
땅거미는 고단한 아버지 지게 벗기고
별빛 쏟아지는 밤의 정적이
질화로에 피어오르는 불꽃
희망을 엮어 가슴에 품었던
푸르던 시절

원두막

솔 모정 참외밭
먼 기억의
너머에 원두막 하나

여름을 노래하는 매미 울음에
낮잠 자던 강아지 선잠 깨
뭉게구름 보고 짖어대던 곳

태양은 밭고랑에 부서져 내리고
노랗게 참외 익는 향내
작은 들꽃 모여 앉은 꽃자리에
벌 나비 춤추던 곳

그곳은
발가숭이로 뛰어놀던 곳
7월의 원두막은
기억 속에 담겨진 영원한
고향의 문

무궁화

지상의 많은 꽃 중에
겨레의 혈맥 흐르는 꽃

하얀 꽃잎에
붉은 혈서 물들이고
붉은 꽃잎에
겨레 사랑 가득 담아
학처럼 날개 펴 피어나는 꽃

오천 년 역사 뒤안길에
가슴에 품은 정열
태양보다 더 붉어
인고의 세월 이겨내며
천 년을 피던 불굴의 꽃

칠월의 폭염을 삼켜가며
산 넘어 강 따라 한라산까지
줄 이어서 피는 꽃

해지는 저녁이면 두 손 모아

세상 재앙 말아가듯
사뿐히 꽃잎 돌며 접어
떨어지는 불멸의 꽃

엉겅퀴 꽃 1

척박한 땅에서
살아보지 않고
홀홀히 구름별 받아
피워보지 않고
절망 이별도 품어보지 않고
사랑이라 말하지 마세요.
가시처럼 찔려오는 절규
독백으로 피워낸 지고한 사랑
무더운 여름 한낮
인적 끊어진 숲길에
그리운 한 목숨이
자홍빛 피를 콸콸 토한다.

엉겅퀴 꽃 2

죽음의 언덕에
따가운 눈총 받아가며
홀홀히 끌려가는 가시관

온몸을 태우는 태양과 맞서
거듭난 생명 지키려
가시로 피어난 꽃

공생의 나날 흘리던 구원의 눈물
새벽녘 그믐달에
고독 안고 진하게 핀다

무더운 여름 한낮
사랑으로 걸어간 발자국
가시처럼 찔려오는 아픔

인적 끊어진 골짜기
의로운 한 목숨이
십자가 위에 선홍빛 뿌린다.

나비의 섬

봄이면
나비만 사는 섬 하나 있다
별이 반짝이는 푸른 바다를 지나
바람에 일렁이는 유채밭
끝없이 피어나는 노랑나비 떼
금빛 물결 이루며 꿈에 젖어
나비들만 사는 섬
하루 종일 뜨고 내리며
천 년을 살아도 못다 할 사랑으로
한 쌍의 나비로 피어난다
샛노란 나비들 바람 물결 타고
온 섬을 뒤덮어
여기저기 꽃 뭉치로 피어
함박웃음 노랗게 날고 있다
노란 꽃구름 피어나는
이른 봄이면
나비만 사는 섬 그곳에 있다

소나무

몇 그루 나무가
크레인에 실려 창가에 심어진다
생이별한 나무들은
축 늘어진 가지마다 마른 눈물이다

낯선 땅에 뿌리를 내리고
생명의 존재를 알리기 위해
물기가 있는 곳이라면 바위틈이라도
기를 쓰며 뻗어 간다

낮엔
햇살 끌어와 사랑으로 몸을 덥히고
해 저문 밤엔
푸른 가지에 은하의 별을 단다

첫눈 같은 설렘의 새벽 별
청솔의 향내가 안개처럼 번지며

나날이 눈부신 소나무
창문의 소망으로 푸르다

03
사랑 그리기

03
사랑 그리기

가로등

정년퇴직

그 남자

글 타래 모임

마른 장맛비

도시의 섬

사랑 그리기

추억

신토불이

나목

마른 가지에도

단풍

가을이 오는 길목

홍시

가을 나팔꽃

가로등

까만 어둠이 밀려오면
지상의 별들은 하나씩
반짝이며 눈뜬다.

온몸을 한 자리에 말뚝 박아
어둠 속 헤매는
눈먼 자의 지팡이가 된
밤의 성자

계절마다 온밤을 지새우며
온갖 세상 이야기 가져와
비밀 다 털어놔도
묵묵히 지켜주는 하얀 미소

긴 밤 지새워 어둠을 불 밝혀
생애 젖은 가슴을 덥혀주는
길 잃은 발걸음의 등대

정년퇴직

여기 당신의 사랑이
주름진 눈가에 피어나고 있다

먼 옛날 그리움의 흔적들이
전설처럼 엮어질 지난 세월이
아직도 푸르게 피어난다

무수한 날
창공을 비어낼 듯
청솔가지 같던 당신의 기량은
아늑한 숲 속에 안식년을 맞는다.

봉숭아 꽃물 같은 연한 사랑
삶의 갈피갈피 곰삭은 묵은 정
이젠 서로의 빈 가슴 채운다

지난 세월의 따듯한 촛불 되어
부비고 보듬던 어린 가지들
저들의 소망을
같은 쪽에서 바라본다

그 남자

젖은 풀잎이
호심 따라 피어나는 호숫가에
무작정 기다리던 그 남자의
뜨거운 화살에 꽂혀 버렸다
사랑과 미움을 줄 당기며
계절마다 바람은 꽃잎 따라 흘러가고
어리기만 한 나뭇가지 큰 울타리 이루었다
미움과 고움이 곰삭아
강물 되어 흐르고
삶의 가파른 허리마다
꽃들은 피고 지고
당신의 그늘 아래
사랑의 샘물 퍼 올리며
오늘도 시를 쓴다.

글 타래 모임

산허리를 감돌던 운무가
안개비 되어 가랑가랑 내린다
약속 시간 맞추어
버스에서 내리는 얼굴들
유월의 장미처럼 화사하다
마주 앉은 식탁엔
파전 도토리묵 보리밥 잔치국수
열무김치 한 상 차려지고
동동주 한 잔에 홍시가 된 얼굴
숲 속의 향기에
지칠 줄 모르는 이야기꽃
오후의 햇살에 이끌리어
호숫가에 돗자리 펴고
끈끈한 정 다져 가며
나무에게 들려주는 시낭송
석양도
머뭇거리며 엿듣고 있다

마른 장맛비

거실 바닥에 누우면
얼음 살 배기듯 밀어내더니
산들바람도 더위가 훔쳐갔는지
작열하는 태양 아래
숨소리 바빠진다

홍역처럼 거쳐 가는 삼복더위
아침부터 밥상을 푹푹 삶는다
바람 한 점 없는 땡볕
하늘엔 조각구름이 비를 쫓고

텔레비전 기상대선
오늘 한때 소나기
아침마다 날아온 신문은
충격 실망 한숨으로 도배한다

계절마다 숨겨 놓은 아픔들이
몸살을 앓고 있다
서산에 걸려있던 노을이
먹구름 몰더니

검은 아스팔트 위에
다이아몬드처럼 빗방울이 꽂힌다

도시의 섬

문명은 꽃피우는데
도시의 섬들은 울고 있다
삼강오륜은
유행이 쓸어가 버리고
인터넷 디지털 물결로
하루의 해를 삼키며 보낸다
내일이 기약 없는 병든 몸
인적이 뜸해진 요양원 창가에
쓸쓸함이 쌓여간다
날마다 병마와 싸우며
목숨 부지하고 살아가야 하는
지팡이 잃은 독거노인
이 도시 저 도시에 즐비하다
고려장 아닌 고려장
시대가 버린 도시의 노인들이
도시의 섬에 갇혀있다

사랑 그리기

여린 꽃잎 붉게 물들여
억겁의 인연을 성으로 쌓고
앞만 보고 걸어온 길

비, 바람 속에도 묵묵히 손잡고
꽃피던 계절은 강물처럼 흘러
석양에 걸린 초로의 진한 가슴

긴 세월
어제도 오늘도
노을 진 강가에 그대 손잡아
도란도란 빚어낸
사랑의 열매

해 질 녘 봉숭아 진하게 피어나듯
세상에서 가장 아름다운
주름꽃 짓는다.

추억

오늘같이
잔비 내리는 날은
빗줄기 맞으며
고향 길 걷고 싶다

먼 추억 하나 끌어와
흐르는 빗물 위에
내 안에 묻어 두었던
그리움도 하나 띄우고 싶다

그 언젠가
고향 냇가에서
첨벙첨벙
흙탕물에 넘어지며
깔깔대던 동무들
지금 어디쯤 있을까

한 조각 추억
망각된 언어 더듬어
그대들을 불러본다

신토불이

하지가 지나면 택배가 온다
고향에서
뽀얀 분이 난 감자
모락모락 솥에서 익어간다

가을날
멍석 위에 고추
태양 볕에 자꾸만 붉어진다.
올케가 말린 태양초
콩콩 고추방아로 빻은 신토불이
색깔이 곱다

고향 있어 형제가 있어
오고 가는 정
전화선 타고 피어오른다.

나목

칼바람 부는 매연의 거리
고운 잎 떨어진 가지마다
부챗살같이 쓸쓸하다
하늘을 가리던
잎들이 창을 열어
발가벗은 가슴을 열고 있다
세파에 휘어진 가지마저
까치집으로 내준 사랑
속 깊은 마음 하늘 닿아
하얗게 깊어 가는 겨울
눈꽃 속에 파묻혀
봄의 훈풍이 불 때까지
침묵으로 서 있는
나목

마른 가지에도

작은 언덕길 아래 깡마른 냇가
가쁘게 숨 쉬던 강바닥, 산자락 휘돌아
밤새 뿌린 빗물 큰 냇물 되었다

물올라 활처럼 당겨진 버드나무 가지 끝
긴 겨울잠에서 깨어 연둣빛 가지 아래
작은 새들 입 끝으로 봄을 쪼고 있다

바람은 옷깃을 살포시 품어 안고
초록 눈 터트린 들풀 빼죽이 내밀며
물가의 청둥오리 떼 분주히 자맥질한다

들녘 가까이 환한 햇살 당겨가며
어디선가 들려오는 아이들의 재잘거림이
달팽이처럼 웅크린 봄을 일으키고 있다

단풍

젊은 날 비바람 폭염에도
처연하게 모든 것을 받아주는 너

세월이 빗물처럼 쓸려가도
그때 그 공간에서 만족하던 푸른 잎

긴긴 여름날 긴 하품 한 번 못하고
오직 인내로만 시간과 싸우던 너

여름이 저무는 길목에 가을빛 길어다
사랑으로 나뭇잎 곱게 물들이고

여린 가슴마다 빨간 꽃잎 수놓아
황혼의 꽃으로 빚어 놓은 단풍아

네 모습 그대로 그 자리에
이 가을을 위하여!

가을이 오는 길목

여름의 끝자락
가을을 부르는 찬비 내린다.
들풀도 가는 길 아쉬워
묵은 정 시름시름 털고 있다

앞뜰의 봉선화 아직 붉은데
흘러가는 계절은 분홍 눈물 되어
한들거리는 코스모스 위에 방울 짓는다

산자락 나무들 허름해지고
매미 머물다 간 자리엔
귀뚜라미 기웃거리며 목청 돋운다

누렇게 익어가는 벼 이삭
고개 숙이고
두 배나 높아진 하늘엔
쪽빛 바다가 누워 있다

홍시

너무 붉어 두렵다
한순간에 터질까 봐

영롱하여 조심스럽다
아득한 첫사랑처럼

저토록
속까지 완벽하게 붉은 사랑

여름날 태양보다
더 뜨거운 가지 끝의 정염

가을 나팔꽃

늦가을 밭둑에
발갛게 피어있는 나팔꽃

늦은 가을 햇살에 싹을 틔워
버팀목 하나 붙잡지 못하고
말라버린 들풀의 어깨에 기대어
여름보다 더 진한
불꽃으로 타오른다

상강이 지난 늦가을
가느다란 줄기 하나로
시간을 감아올리는

끈질긴 눈빛이 애처롭다

어느 새벽
예고 없는 무서리에 마음 다치지나 않을까
오늘 밤 나의 창은 잠 못 들어 뒤척인다.

04

가을 냄새

04
가을 냄새

가을 냄새

홀씨

할미꽃

눈 속에 핀 장미

겨울 소리

겨울

눈 내리는 아침

섣달그믐

삶의 스승

산행

물 향기 수목원

임진강

대포항

단양팔경

새벽 4시

가을 냄새

바람이
가을 냄새 몰고 온다
들녘엔
더위를 밀어내는 소슬바람
풀들은 마른 옷 한 겹 갈아입고
도토리 구르는 소리에
가을을 빚어낸다
길가의 코스모스 꽃
고향의 향내로 가득하다
불덩이 같던 폭염은
저만큼 물러가고
홍시 같은 가을 향기가 하늘에서
분수처럼 쏟아진다
살맛 나게 바람 불어
사방에서 가을이 오고 있다

홀씨

아침 햇살이
잡초에 섞여 가을을 붙잡고 있다
꽃잎 다 떨어지고
마른 가지 끝에 오롯이 붙어있는
홀씨 한 줌
서로 부둥켜안은 채
막새바람에 몸 추스른다

머지않아
눈바람 휘몰아치고
어디로 떠날지 모르는 들판에서
이별을 예감하며
서로 붙잡고 볼 비빈다

아침이슬 머금은
해맑은 모습
지금도 아련한데
한겨울 내 가슴에 머물다
한 송이 고운 꽃으로 피어나라

할미꽃

저만큼 떨어진, 양지바른
능선 아래 은빛 머리 단장하고
굽은 허리 가슴 붉다

이승과 저승의 머언 길
두고 온 꽃잎, 가슴 한편에 박혀
풀꽃으로 환생한 어머니

봄바람 나풀대는 무덤가에
밤이면 별빛 헤며 눈물짓다
이슬 따라 피어나는 꽃

풀벌레 울음도 꽃잎들 생각에
차마 얼굴 못 들고
붉은 눈물 고이는 고개 숙인 꽃

눈 속에 핀 장미

함박눈이 내리는 날
그늘로 뒤덮인 낮은 담장에
장미꽃 한 송이
사랑의 아프로디테로 피어 있다
불변의 약속
퇴색된 사랑을 위하여
불꽃의 바람으로 눈발을 맞으며
빨갛게 타오르고 있다
삶의 한허리,
시간은 세월을 앗아가고
망부석처럼
못다 한 사랑, 가슴 저미는데
저 멀리 파도가 밀려오듯
심연 속에 피어나는 愛
오후의 햇살 담 너머로
반짝이며 사라지는 눈꽃
나뭇가지 끝
붉은 장미 미친 듯
가시버시 사랑 일으킨다.

겨울 소리

또 한 해,
저물어 가는 추랭이 끝에
삭풍은 손끝으로 밀려오고
산뢰의 소리가 애잔하다

산간수
돌 틈으로 흘러가고
발끝에 떨어지는 낙엽들
사각사각 부서지는 울음이어라
이별의 빈 가지 끝엔
한 잎, 붉은 잎
파르르 떨고 있는데
차가운 하늘엔
철새들이 줄지어 날아간다

가을은,
시간 속에 숨어 버리고
잎 떨어뜨린 나무는 잔기침하며
월동 채비하는데
들녘의 나무들
바람만 맞을 뿐 말이 없다

겨울

시린 가지에 매달린 홍시 하나
젖은 구름 아래 윤무로 떠돌던
눈꽃이 상고대로 핀다

자연을 살리려고 죽어가는 계절
찬바람 고요 속에 가두고
혼자서 울어대는 동박새

얼어붙은 흙 속은 한밤중인데
잠자는 생명체들
긴 겨울 지나고 입춘이 올 때까지
제 살 베는 숨소리 바쁘다

빠르게 도망가는 겨울 그림자
창가에 젖어오는 마지막 눈발이
봄 이불 한 채 짓고 있다

눈 내리는 아침

문풍지 구멍으로
황소바람 드나들고
눈보라 몰아치던 유년의 뜨락

머언 고향 문 열면
아버지가 깨우는 기침 소리
눈길 쓸어 제치면
눈사람 만들던 꽁꽁 언 손

수건 두른 어머니
장작불 지펴 밥을 짓고
무쇠솥엔 시래깃국 끓는다

고구마 익어가던 화롯불처럼
언제나 따듯한 어머니 가슴

아파트 창가에 쉼 없이 떠도는
하얀 꽃잎처럼
윤무로 떠돌던 기억의 아침

섣달그믐

너의 발걸음은 새해에 쫓기어
뒤뚱거린다
더 이상 머물 수 없는 시간이기에

봄 여름 가을 겨울
네 몫을 다하고
처연한 몸가짐으로 떠난다

잠시 고개 숙여
세월을 아끼지 못하고
숱한 되새김만 하던
나태함과 불순종의 멍 자국

해마다 이 시간이면
넘나드는 시간의 공간 속에서
아쉬움으로 뉘우치는
달력의 끝날

새 달력의 첫날로
새로운 한 해를 꿈꾼다.

삶의 스승

아침 창문을 열면
까치는 부리의 고단함도 잊고
새끼 입에 밥을 넣는다

까치만큼
여물게 삶을 살지 못한 나는
어제와 그제를 반성한다

오늘은
아파트 유리창 청소하는 날
널빤지와 밧줄에 매달려
아줌마가 공중에서 창을 닦는다

빈 통장을 메우기 위해
가족의 밥을 짓기 위해
찌들은 삶을 닦듯
곡예사처럼 생명선을 오르내린다

내 지나온 삶을 닦아본다

산행

물안개 걷어 올린
산허리 위에
태양이 싱그럽다

짙어가는 여름 산
매미 소리 숲을 가르고
솔잎 사이로 보이는 하늘
가슴에 바람이 인다

줄지어 오고 가는 길
그늘은 나를 쫓아오고
나도 그늘을 찾아가며
한여름 더위를 털어낸다

지천에 피어있는
자주 빛 싸리 꽃
불어오는 바람결에 하늘거리고
솔향기 그윽한 길에
사랑도 익어간다
산머루처럼

물 향기 수목원

보았네, 나는
꼿꼿한 메타세콰이어는 하늘을 찌르고
상생의 오케스트라가
분수처럼 토해내는 피톤치드 향기

만경원의 넝쿨들이 뒹굴며 살고
호수의 부들이 바람 따라 춤추며
물안개 머금은 창포가 꽃대를 맺고
수줍은 땅따리 꽃이 외롭게 피어있는 곳

연꽃의 고고함은 습지를 자랑하고
물방개 사슴벌레 소금장수 장수풍뎅이
잊혀진 동심을 불러 주는 곳

규화목으로 잠든 태고의 석화
오백 년을 지켜온 고목의 나이테가
옛이야기 꺼내주는 곳

삶에 지친 마음 푸른 산소로
자연과 한몸 되어 온갖 시름 잊고
여름을 쉬어간다

임진강

총탄이 오가던 하늘 아래
구름마저 돌아서는 검붉은 강
육십육 년의 망향을 가슴에 묻고
떠나지 못하는 강바닥
목마른 대지의 목을 축여주는
맑디 맑은 저 강물은
아직 이산의 눈물로 흐른다
육이오 피난길에
눈물의 이별 강 건너던 다리
말없이 흐르는 강가에
참게 잡아 생활하는 실향민
바람이 구름을 쪼개듯
아픈 강가에 피어나는 민들레
홀씨 날고 날아
통일의 강줄기 하나로 묶어
북에서 남으로 남에서 북으로
오가는 통일의 강 되어라

대포항

까만, 어둠이 내려앉은 대포항
다닥다닥 판자로 엮은 횟집 창에서
쏟아져 나오는 불빛은
밤안개를 말아 쥐고
파도에 휘말린 물살은
깊이깊이 수면으로 누워버린다

무더위에 쫓기던 발걸음들
백사장에 지친 몸을 맡기고
저마다 보랏빛 사랑을 꿈꾸며
오고 간 모래 발자국
어둠이 덮어버리고
바다와 하늘은 한몸이 된다

내일 또
한 알의 태양을 낳기 위해
바다는 몸부림치고
아무도 볼 수 없는 수평선 저 너머
하얗게 부서져 밀려오는 파도만
해산의 고통으로 울부짖는다.

단양팔경

물안개 걷힌 울창한 능선 따라
손짓하듯 흔들리는 나뭇잎
너른 초록 바다가 그곳에 누워있다
도담삼봉 외로운 정자 아래
석문에 걸린 바람 맞아
강 물살 가르며 돌아들고
비안개 머물다간 하늘 아래
자라 바위 둘러싼 측백나무들
강물 소리 두르고 명상에 든다
임 그리던 두향의 사랑
는개비로 눈물 꽃 떨구는 강심
구담봉 제비봉 옥순봉 언저리엔
구름이 머물다 가는 곳
그 절벽 위 외로운 소나무
어느 충신의 푸르른 충절인가
병풍처럼 둘러싸인 단양팔경
신이 빚어놓은 신비의 절경
오월이 활짝 열리고
신록이 멀리멀리 번진다.

새벽 4시

지구가 불타고 있다
폭염처럼 들끓는 여름밤
이억만 리 런던에서 뛰는 선수들
힘찬 발걸음, 빠른 손놀림
아파트 창마다 나오는 불빛
박수 치며 가슴 졸이며
흥분의 도가니 속 뜨겁다
통닭 맥주 배달하는 오토바이
빵 빵 빵 빵
살아가며 이런 날 있기에
살맛 나는 세상
장하다, 대한의 아들 딸
모진 고통 이겨낸 인내의 열매
메달리스트들이여!
새벽 6시 연장전 막바지에
슛 골인! 대한민국 만세
꿈속에서도 대한민국 만세

05

꿈꾸는 밤

05
꿈꾸는 밤

봄 마중 1

봄 마중 2

동백꽃

제부도

갯벌

바닷가의 하루

밤바다

섬

독도

외도

비 오는 날

친구

꿈꾸는 밤

낙화

겨울나기

봄 마중 1

생명을 잉태한 만삭의 들판
해산의 고통으로 몸부림칠 때
꽃바람 살포시 보듬는다.

광교산 능선 따라 녹아내린 눈
계곡의 돌 틈에서 흐르는
청아한 봄의 노래

깊은 잠에서 깨어난 개구리
하늘 공기 마시며 뛰어오르고
화홍문 용지연에 어리는 능수버들
바람 잡아 춤춘다.
.
길가 개나리 몸 곧추세우고
늘어진 가지마다 햇볕 끌어당겨
오가는 발걸음 출렁이며
꽃의 향연 기다리는
봄의 길목

봄 마중 2

겨울바람 몰아낸
훈훈한 봄바람이
새 생명 잉태한 들판에
햇살 끌어당겨 뿌려준다

계곡의 돌 틈에서
속삭이는 여린 물소리에
깨어난 개구리들
하늘 공기 마신다

실개천 버들강아지
하얗게 피어나고
봄볕에 얼굴 밝히는
길가의 개나리꽃

꽃의 향연 기다리는
봄의 길목에
새 희망 출렁인다.

동백꽃

지심도 절벽에 아린 발 딛고
겨울 해무를 바라보다
파도같이 피어나는 한 송이 꽃
서럽게 우는 눈바람 속에
뜨거운 정열로 다 이루지 못한
가슴에 불꽃 심은 사랑
동박새 머물다 떠나간 빈자리에
온몸으로 흐느끼며 툭툭 떨어지는
애절한 몸부림
하얀 파도에 부서지는 가슴으로
외로운 섬 기슭에 피어나는
붉은 울음 꽃

제부도

하현달이
바다에 걸리는 섬
바닷길 열리면 물 때 찾아온
육지의 꽃과 나비들
반기며 인사하는 정겨운 마음
온종일 얼굴은 빛나고
식당엔 조개 굽는 냄새
갯벌에선 조개 줍는 손길
망태기마다 가득하다
오래 머물 수 없는 섬 동네
어둠이 땅거미 밀어내면
바다에 뜨는 등대
이 밤 지나면
바닷길 열려 갈매기 떼처럼
몰려오는 반가운 손님들
넓은 갯벌에 젖어드는
어부의 노래
오늘도 제부도는 외롭지 않다

갯벌

간간이 불어오는
짭짤한 바닷바람이 정오를 지날 쯤
제부도의 바닷길
지나가는 빗방울이
사라져가는 물길 따라간다
물결은 수평선 너머 몸을 숨기고
갯벌은 한 겹 한 겹 검은 살 들어낸다
바닷물이 던지고 간 생명체들
생명의 호흡으로 살아 숨 쉬는 땅
질벅한 갯벌은 죽은 듯 살아있다
황무지 같으나 생활의 터전
바지락 캐는 아낙들 억센 손
희망을 엮는다
갯벌은 생명을 살리는
따뜻한 어머니의 가슴이다

바닷가의 하루

저 멀리 수평선 팽팽히 당겨지고
태양이 부서져 바다에 뿌려진 듯
반짝이는 물결 은빛으로 반짝인다
태양을 헤엄쳐 온
물고기처럼, 싱싱한 젊은이들
젖은 가슴을 열고 백사장을 오가며
파도와 숨바꼭질한다
파라솔 그늘 아래 태양은 저물고
서산에 걸린 노을
그림자 드리워질 때
솔잎을 흔드는 한 줄기 바람이
일몰의 시간을 몰고 와
칸나의 꽃잎처럼 붉은 저녁 해
깊은 바다 끝에 몸을 숨기고
가끔 불어오는 비릿한 해풍은
추억을 절여준다

밤바다

짭짤한 물만 감도는
푸름이 짙어가는 까만 바다
싱그러운 바람 따라 망망한
수평선 위에
고깃배들 춤을 춘다
파도 따라 물결치는 수면 위에
별들은 바닷물에 몸을 담그고
또 다른 별들과 구름다리 만들어
은하의 강 이룬다.
숱한 밀어가 오고 가는 바닷속
억만년 비밀이
세월의 가슴에 묻힌 채
오늘도 파도는
태양이 솟는 분화구 찾아
밤새도록 춤을 춘다.

섬

바다 가운데
보일 듯 말 듯 홀로 있는 섬
간간이 흔들리는 바람결
오가는 발길 끊어진지 오랜듯하다
억만년 흐르다 지쳐
누워버린 바다의 여인
삼백육십오일 침묵으로
그리움만 삭이고 있다
파도에 부딪혀 깊이 팬 골주름
쓸쓸히 살아가는
내 어머니 같은 섬
넓고 푸른 바다
한밤중 품었던 태양은
험한 세상으로 나가고
온종일 바다로 둘러싸인
섬 하늘엔
오고 가는 갈매기만 분주하다.

독도

독도는 외롭지 않다
오천만 뜨거운 눈빛 한 몸에 들이고
철새도 지친 날개 쉬어가는 간이역

망망대해 우뚝 선 바위 섬 자락마다
한가로이 해풍에,
섬기린초 쑥부쟁이 힘차게 피어있다

괭이갈매기 비행하는
바위섬 저 멀리
손 흔들어 돌아보면 듬직한 막내둥이 섬

삼천리 강산 희로애락 풀잎 속에 젖어들고
비바람 눈보라에도
굳건히 버티고 있는 뜨거운 심장

독도는 우리 땅
독도는 대한의 땅
물기둥 하늘 높이 솟구쳐 세워진 땅

외도

푸른 바다 넘실대는 바다 가운데
유람선이 실어온 여행객
명동 거리보다 떠들썩하다

동백꽃 핀 언덕 위에
어깨 넘어 불어오는 섬 바람
만 가지 꽃과 나무들이 하늘을 연다

아름다운 부부의 꿈 모아
일구어 놓은 기적의 꽃동산
오르막길 걸어도 즐거운 마음
비바람 눈보라 가슴을 때려도
두 손 모으는 섬

하이든의 교향곡
잔잔히 흘러드는 찻집에
첫사랑의
꽃잎으로 다시 피어나는 愛

오래 머물 수 없는 하루해

이내 어둠이 밀려오면
다시 발길을 되돌리는
아쉬운 작별

비 오는 날

오랜만에
편안한 마음으로
빗줄기 세어본다
사방에서 쏟아지는 소낙비
혼자만이 소유할 수 있는 공간
가끔은 이런 날 기다린다

창밖엔
라흐마니노프의 선율처럼
빗방울은 대지의 건반을 두드리고
고개 숙인 분꽃 두 뺨이 붉다
적막함과 평안함
일상의 틀에서 벗어나
한 잔 커피에 마음을 푼다

허접스런 갈등
빗속에 띄워 보내고
오늘은 빗물 되어 흐르고 싶다

친구

몇 시간째
옷장에서 옷을 고른다
맘에 드는 옷이 없다

새 옷은 몇 벌 있지만
아직 부담스럽다

수선 떨며 입어본 옷들
거울 앞에 수두룩하다

약속시간 다가오는데
이것저것 뒤적이다가

오래된
오늘 만날 친구 같은
옷 찾았다

유행이 지나고
옷 색깔 허옇게 바래도
입으면 편안한 너

꿈꾸는 밤

눈 내리는 깊은 밤
겉잠에서 일어나
책갈피에서 퍼 올리는 한 줌의
샘물로 갈증을 푼다
만선을 꿈꾸는 어부처럼
스탠드 불빛 아래
내려앉는 눈꺼풀 곧추세우며
하얀 백지 위에 노 젓는다
갈피마다 흐르는 지혜의 강물
마음은 푸른 들판에
영글어갈 벼 이삭처럼
다소곳이 푯대를 향하여
다시 내딛는 발걸음
단락의 행간에서
광맥을 찾아내는 내 안의 기쁨

낙화

아름다운 자태를 뽐내던
그 모습
수줍은 눈발 되어
조용히 잠들었네

누구를 위한 희생이었나
한 잎의 낙화되어
잉태의 고통을 쓸어안으며
당신의 분신이 아름답게 피어나길
기도하네

춤추며 떨어지는 낙화여
그대는 진정
어머니의 사랑이었네

겨울나기

거실에 크고 작은 화초들
한나절 햇볕 한 자락 보지 못하고
나만 바라보고 있다

며칠째
화분의 흙은 사막이다
여린 생명들
제 몸에 검불 뒤집어쓰고도
비죽이 웃고 있다

늦은 오후 햇살이 걸린 창가
화분 닦고 상처 씻어주고
물도 흠뻑 주었다

기지개 켜며
이파리들이 웃고 있다
새순이 돋아나고 있다

머지않아
남은 겨울 한 자락 밀어내려고

봄을 재촉하는 비구름이
창밖에 조용히 숨어있다

작품해설

일상적 언어로부터
예술 언어로의 귀환

지연희 | 시인, 수필가

일상적 언어로부터 예술 언어로의 귀환

지연희(시인, 수필가)

문학은 가뭄의 단비처럼 가난한 마음에 내리는 햇살이다. 어둠 속 불빛처럼 고뇌와 시름, 절망과 실의에 빠진 사람들에게 한 줄기 광명의 빛을 전하게 된다. 상처 난 영혼을 다독이는 위로처럼 공명을 울리는 종소리 같아서 시는 삶의 용기이며 깨우침이다. 나날이 폭력화되는 사회 전반의 현실들이 인성을 마비시키며 도리와 윤리가 추락되는 오늘의 상황을 보며 어느 노시인은 '세상 모든 사람들이 시인이 되면 아름다운 세상이 될 것이다.'라고 했다. 그만큼 세상 모든 시인의 시는 어느 한 편도 소중하지 않은 것이 없고 각기 독자의 사고에 따라 다양한 정서를 내장하게 된다.

2008년 계간 문학지 문파문학 신인상 시 부문 공모에 당선되어 시의 영역을 넓혀온 허정예 시인이 첫 시집 「詩의 온도」를 출간하는 일은 대한민국 문단을 살찌우는 큰 쾌거가 아닐 수 없다. 낮은 목소리로 읊어내는 시인의 육성은 어둠에서 빛을 만나듯 어떤 모순일지라도 아름다움으로 승화시키는 영혼의 움직임을 만나게 된다. 아픔을 치유하고 절망을 다독여 희망으로 닿는 시 정신의 아름다음을 보여준다. 예술은 어떤 모난 부분도 날카로운 칼날처럼 베일 듯한 분노와 광풍 앞에서도 의연하여야 하며 그들을 끝없는 낙원으로 환원시키는 아름다움이어야 한다고 했다. 세상 모든 의미는 태초에 티 없이 맑은 샘물처럼 순수했기 때문이다.

> 새벽이
> 대지 위에 걸어온다
>
> 고통과 번민 어둠이 삼켜버리고
> 하루를 여는 미명의 창가에
> 밤새 천둥 번개 짖어대던
> 울음소리 그친지 오래다
>
> 혼비백산 도망간 어둠에 무리들
> 고요한 하늘이 말갛게 피어오르며
> 세상을 밝히려 말없이 서성이고 있다
>
> 칠흑 같은 어둠을 헤치고
> 하루의 사랑을 여는 빛이 오고 있다
> 새벽이
> 승리의 깃발을 어깨에 메고
> 빛에 함성 소리
> 희망 되어 걸어온다.
> ─시 「새벽」 전문

들판을 깨우는 실바람에
푸른 잎 뾰족이 내밀고
세상을 본다.

바람에 살랑대는 아지랑이
산허리 내려앉고

햇살 당겨
개나리 진달래 망울 짓고
봄 하늘 나리는 나비 떼

푸른 녹음 뻗어 갈 가지들
근육 마사지로
몸 풀고 있다
　　　　　　　－시 「새싹」 전문

　　시 「새벽」은 '새벽이/대지 위에 걸어온다'는 도입부 두 행으로부
터 '대지'라는 공간 위에 어둠의 시간이 빛의 시간으로 넘어가는
새벽의 걸음을 동적 이미지로 표현하고 있다. 이 시에서 새벽은 시
각적 감각적 움직임으로 소통되고 있다. 어둠이라는 밤의 속성이
고통과 번민을 삼키고 미명으로 여는 하루의 첫 관문임을 보여준
다. 또한 '승리의 깃발을 어깨에 메고/빛의 함성소리/희망 되어 걸
어온다.'는 것이다. 시인의 시각에 따라 '새벽'은 얼마든지 절망이
될 수 있고 좌절의 늪으로 의미화시킬 수 있다. 그러나 허정예 시
인의 새벽이 빛의 함성 소리로 희망이 될 수 있는 까닭은 시인의

가슴에 뿌리내린 절대 감성의 빛깔이 때 묻지 않은 파아란 가을 하늘을 닮은 까닭일 수 있다.

시 「새싹」에서 시인이 독자에게 던지는 메시지 역시 아름다움이다. 이제 막 동토의 흙을 비집고 올라온 새싹이 낯선 세상을 호기심으로 바라보는 첫 연의 의도는 생명으로 태어난 신생아가 만나게 되는 세상 구경이다. 새벽이라는 시간은 하루의 문을 여는 공간이기도 하듯이 식물에게 새싹은 생명 탄생의 첫걸음이다. 또한 의미의 가닥으로 드려다 본다면 새싹은 꿈이며 희망이어서 신비롭고 아름답다. 누구도 밟지 않은 흰 눈 위의 순수나 샘물 같아서 시 새싹은 '들판을 깨우는 실바람에/푸른 잎 뾰족이 내밀고/세상을 본다.'는 봄날의 싱그러운 생명의 소리를 듣게 된다.

차디찬 흙 속에 숨 고르다
흩날려 씨내린 땅의 지상에
역마살처럼 날아돌다 피어나는
샛노란 웃음꽃

고향도 둥지도 아랑곳없이
봄볕 불러 피어난다.
끊어진 철길 위
한 줌의 흙이나 보도블록 사이에
가장 낮은 자세로 포복하다
힘차게 피어나는 꽃
　　　　　－시 「민들레」 중에서

갓 삶아 빤

흰 옥양목 치마

천변 산책 길가에 널려있다

그리움 번지는 따스한 향내

솜구름 피어나는 햇살같이

포근한 엄마가 하얗게 웃고 있다

－시 「찔레꽃」 중에서

지심도 절벽에 아린 발 딛고

겨울 해무를 바라보다

파도같이 피어나는 한 송이 꽃

서럽게 우는 눈바람 속에

뜨거운 정열로 다 이루지 못한

가슴에 불꽃 심은 사랑

동박 새 머물다 떠나간 빈자리에

온몸으로 흐느끼며 툭툭 떨어지는

애절한 몸부림

하얀 파도에 부서지는 가슴으로

외로운 섬 기슭에 피어나는

붉은 울음 꽃

－시 「동백꽃」 중에서

이승과 저승의 머 언 길

두고 온 꽃잎, 가슴 한편에 박혀

풀꽃으로 환생한 어머니

봄바람 나풀대는 무덤가에
밤이면 별빛 헤며 눈물 짓다
이슬 따라 피어나는 꽃

풀벌레 울음도 꽃잎들 생각에
차마 얼굴 못 들고
붉은 눈물 고이는 고개 숙인 꽃
　　　　　　　　　-시 「할미꽃」 중에서

　허정예 시인의 시적 관심사는 자연현상의 오묘한 변화를 클로즈업하는 일이며 그 변화의 움직임 속에 사람 사는 삶의 편린을 육화시키고 있다. 생명 존재의 가치를 짚어내는 시인은 시 「민들레」, 시 「찔레꽃」, 시 「동백꽃」, 시 「할미꽃」의 생태적 의미를 접목하여 관조해 보여준다. 종족 번식의 의지가 깊은 민들레의 시에서 꽃을 피우고 성숙한 씨앗을 배태하고 나면 바람의 등을 빌어 멀고 가까운 대지 위에 種의 낱알들을 안착시키는 것이다. '차디찬 흙 속에 숨 고르다/흩날려 씨내린 땅의 지상에/역마살처럼 날아돌다 피어나는/샛노란 웃음꽃'이 되는 것이다. 세상 모든 어미들은 한평생 아내 어머니의 소임을 다한 그리스 신화 헤라 여신처럼 비로소 안도의 숨을 쉬게 된다.

　시 「찔레꽃」은 누구나 가슴속 지울 수 없는 아련한 고향의 그리움 곁으로 다리를 놓게 한다. 먼 고향 마을 산천에 숨 쉬는 아련한 추억이다. '갓 삶아 빤/흰 옥양목 치마/천변 산책 길가에 널

려있다'는 순연한 시절의 추억 속으로 달려가 금방이라도 대문을
열고 뛰어나올 것 같은 얼굴들을 떠올리게 한다. 그곳에는 '엄마'의
환한 웃음이 있다. 모진 세파에 시달리면서도 넝쿨 속 가시를 안고
피어난 인고의 찔레꽃 전설이다. '메말랐던 삶의 길에/솜사탕 녹아
내리듯/고향을 맴돌게 하는 마력의 꽃' 그 꽃은 엄마의 화신이며
시인에게는 영원한 그리움의 징검다리이다. 찔레꽃을 보면 엄마가
생각나는 이유이다.

　'가슴에 불꽃심은 사랑'의 꽃 시 「동백꽃」은 연시戀詩이다. 동박
새 머물다 떠나간 빈자리에 온몸으로 흐느끼며 강물에 투신하듯
가지의 꽃송이를 땅 위로 뚝뚝 떨어뜨리는 동백꽃의 속성을 그려
내고 있다. 애절한 그리움의 몸부림을 붉은 울음 이미지로 보여 주
는 동백새와 동백꽃의 사랑이다. 하얀 파도에 부서져 넋으로 닿은
섬 기슭에 피어나는 동백꽃의 순정을 이 시는 극명한 비련의 언어
로 접사해 내고 있다. 외로운 섬 기슭에 피어 떠나간 그대에게 보
내는 절대 사랑의 슬픔을 노래한 절대 그리움의 표상으로 동백꽃
은 존재한다.

　온 세상 어머니가 그리했을까. 시 「할미꽃」은 저승에 가시어 집
을 지신 세상 모든 어머니의 슬픔을 그려내고 있다. 그리움을 울다
지쳐서 '이승과 저승의 머 언 길/두고 온 꽃잎, 가슴 한편에 박혀/
풀꽃으로 환생한 어머니'의 꽃 「할미꽃」의 시는 '양지바른 능선 아
래 은빛 머리 굽은 허리'의 어머니를 간절하게 부르는 화자의 육성
을 듣게 된다. 이승에 남겨둔 꽃잎(자식) 그리다 지쳐 가슴 붉은 무
덤가에 피어나는 꽃(어머니)의 슬픔이다. '봄바람 나풀대는 무덤가
에/밤이면 별빛 헤며 눈물짓다/이슬 따라 피어나는 꽃'의 할미꽃은

두고 온 자식 생각에 아프다. 닿을 수 없는 이별의 슬픔을 붉은 눈
물로 고개 숙여 삭이는 모성의 아픔이 손끝에 뭉클 묻어나는 시다.

어디선가
깨알 같은 시어들이
마음의 창에 뜬다.

수많은 글 타래
구름 속에서 하늘을 날 듯
두근거리고 황홀한 순간

첫사랑을 만난 듯
진주를 발견한 듯

글밭에서 영근 열매들
줄줄 엮을 수 있는
하얀 백지 위

뜨거운 마음으로 그리다 보면
나무 한 그루
푸른 잎 피워내고 있다
　　　　　-시 「詩의 온도」 전문

까만 어둠이 밀려오면
지상의 별들은 하나씩

반짝이며 눈뜬다.

온몸을 한자리에 말뚝 박아
어둠 속 헤매는
눈먼 자의 지팡이가 된
밤의 성자

계절마다 온밤을 지새우며
온갖 세상 이야기 가져와
비밀 다 털어놔도
묵묵히 지켜주는 하얀 미소

긴 밤 지새워 어둠을 불 밝혀
생애 젖은 가슴을 덥혀주는
길 잃은 발걸음의 등대
　　　　　-시 「가로등」 전문

　시 「詩의 온도」와 시 「가로등」의 공통점은 빛을 밝힌다는 것이
다. 시의 온도는 언어로 투사한 마음의 움직임 관념의 빛이라면,
가로등은 사물이 누리에 밝혀내는 빛이다. 그럼에도 두 시는 시인
의 시각으로 포착한 빛의 세계를 세밀한 정서로 천착해 내고 있다.
'어디선가/깨알 같은 시어들이/마음의 창에 뜬다.'는 첫 연의 의도
는 불현듯 가슴에 이는 시를 쓰고 싶은 감성의 움직임이 포착되는
시점이다. 첫사랑을 만난 듯, 진주를 만난 듯 두근거리고 황홀한 순
간 하얀 백지 위에 거침없이 써나가는 창작의 기쁨을 시 「詩의 온

도」는 조망하고 있다. 시인의 열망을 예술인의 뜨거운 열정을 '나무 한 그루/푸른 잎 피워내고 있다'는 결실의 의미로 표현하고 있다.

시「가로등」은 별의 빛으로 어둠을 밝히는 성자이다. 지상의 별들로 온 세상을 뒤덮은 고뇌와 아픔 슬픔까지 반짝이며 치유하는 (눈을 뜨는) 가로등의 존재 이유를 시인은 성자라 한다. '온몸을 한자리에 말뚝 박아/어둠 속 헤매는/눈먼 자의 지팡이가 된/밤의 성자'라 명명하고 있다. 앞서 언급한 시「詩의 온도」와 시「가로등」은 빛을 나누는 수레꾼이다. 세상에 놓여진 모순과 아픔을 치유하기 위해 마음과 몸으로 발산하는 지상의 별이다. '긴 밤 지새워 어둠을 불 밝혀/생애 젖은 가슴을 덥혀주는/길 잃은 발걸음의 등대'가 된다. 어둠의 시간이 찾아오면 가로등은 마음 가난한 이의 가슴에 한 아름 따뜻한 등불을 밝히는 성자로 세워지는 이 시는 인지능력을 지니지 못한 사물이 시인의 가슴 속에 들어 '성자'로 탄생하게 되는 사물과 인물의 동일시 정신을 보여준다.

너무 붉어 두렵다
한순간에 터질까 봐

영롱하여 조심스럽다
아득한 첫사랑처럼

저토록
속까지 완벽하게 붉은 사랑

여름날 태양보다
더 뜨거운 가지 끝의 정염
-시 「홍시」 전문

바람이
가을 냄새 몰고 온다.
들녘엔
더위를 밀어내는 소슬바람
풀들은 마른 옷 한 겹 갈아입고
도토리 구르는 소리에
가을을 빚어낸다.
길가의 코스모스 꽃
고향의 향내로 가득하다
불덩이 같던 폭염은
저만큼 물러가고
홍시 같은 가을 향기가 하늘에서
분수처럼 쏟아진다.
살맛 나게 바람 불어
사방에서 가을이 오고 있다
-시 「가을 냄새」 전문

　　가을 이미지를 한껏 체득할 수 있는 위의 두 시는 붉고 영롱한 홍시의 '완벽하게 붉은 사랑'을 짚고 있다. 어쩌면 아득한 첫사랑처럼 영롱하여 조심스럽다는 시 홍시는 손끝으로 만지기조차 두려운 홍시의 감각적 이미지를 '첫사랑'의 순수로 대리하고 있다. 너무 붉어 한순간에 터질까 두려운 아름다움을 사랑의 농도로 감각해 내고 있는 것이다. 속까지 완벽하게 붉은 뜨거운 열정의 이 사랑은 온몸으로 전하는 가을 노래이다. 잎 떨어진 앙상한 가지마다 불꽃으로 매달려 있는 가을의 상징적 이미지를 연상하게 하는 언어들의 질서를 들여다보면 뜨겁다. '여름날 태양보다/더 뜨거운 가지 끝의 정염'으로 방점을 찍은 시 「홍시」는 완벽한 사랑, 정염의 사랑이 소유한 빛을 감각적 언어로 보여준다.

　시 「가을 냄새」는 제목 하나만으로도 가을 냄새를 연상하여 흡입하게 한다. 시인은 시어 속의 의미를 독자의 몫으로 배분하기 위해 감각의 열쇠를 전하는 전달자이다. '가을 냄새'라는 은유적 언어만으로 독자의 정서를 흔들어 놓을 수 있을 때 성공한 시라고 말할 수 있다. 허정예 시인의 시어는 많은 부분에서 그 의도를 보여준다. '바람이 가을 냄새를 몰고 온다'는 한 행으로 던진 이 중량감 있는 언어로 한 편의 시는 완성되었다고 본다. '불덩이 같던 폭염은/저만큼 물러가고/홍시 같은 가을 향기가 하늘에서/분수처럼 쏟아진다.'는 시각적 이미지가 눈을 감아도 무수히 쏟아지는 가을빛 조각들이 손에 잡힌다.

　　　시린 가지에 매달린 홍시 하나
　　　젖은 구름 아래 윤무로 떠돌던
　　　눈꽃이 상고대로 핀다

　　　자연을 살리려고 죽어가는 계절

　　찬바람 고요 속에 가두고
　　혼자서 울어대는 동박새

　　얼어붙은 흙 속은 한밤중인데
　　잠자는 생명체들
　　긴 겨울 지나고 입춘이 올 때까지
　　제 살 베는 숨소리 바쁘다

　　빠르게 도망가는 겨울 그림자
　　창가에 젖어오는 마지막 눈발이
　　봄 이불 한 채 짓고 있다
　　　　　　　　-시 「겨울」 전문

　시 「겨울」은 앙상한 가지 위에 달려있는 단 하나의 홍시로부터
시선을 모으게 된다. 시린 가지에 매달린 홍시 하나가 눈꽃으로
재탄생되어 상고대를 이룬다. '자연을 살리려고 죽어가는 계절/
찬바람 고요 속에 가두고/혼자서 울어대는 동박새'의 살신성인
의 정신이다. 자연을 살리기 위한 계절의 죽음이 겨울의 희생이
며 이 겨울이 동박새로 울고 있다는 측은지심의 시선이다. 더구
나 얼어붙은 흙 속에 잠자는 생명체들이 입춘을 기다려 제 살 베
는 숨소리 바쁘다고 한다. 겨울 속 모든 생명의 힘은 제 살 베는
인고로 찬란한 봄의 계절을 만나게 된다는 것이다. 나의 희생이
너를 살릴 수 있는 성인의 깨우침을 시 겨울은 조용한 몸짓으로
전해 주고 있다. '창가에 젖어오는 마지막 눈발이/봄 이불 한 채
짓고 있다' 아름답고 따뜻한 위무의 몸짓이다.

허정예 시인의 첫 번째 시집 「詩의 온도」를 내부를 감각으로 감상했다. 일상적 언어로부터 시의 언어로 옮겨가 닿는 예술언어로의 귀환을 확인하면서 덩달아 기쁘고 환희로웠다. 시는 기존의 의미를 해체하여 새로움의 발견으로 옮겨가는 무한의 작업이다. 그 고뇌의 과정을 묵묵히 다져온 시인의 노력에 감사해야 했다. 이 한 권의 시집에 내장된 많은 시들이 각자의 목소리로 독자의 가슴에 닿아 꽃이 되고, 마음 가난한 이의 가슴에 스며 약이 되리라고 생각한다. 한 해의 마무리를 풍성한 결실로 맺음 하는 시인에게 축하와 더불어 더 큰 시업詩業의 족적을 남겨달라는 부탁을 겸한다.

詩의 온도

허정예

詩의 온도

허정예 시집